春の楊梅

友田喜美子句集

春の楊梅／目次

題簽・原田　喬
カバー装画・松浦澄江

句集

春の楊梅

木の匙

平成十四年〜十八年

若水の小さき音して運ばるる
何もなき田に人立てる淑気かな

円空佛囁きあへる寒さかな

幼子の手にをさまりぬ寒卵

杖にふれ馬越峠の冬苺

陶片は丹笹鳴はその辺り

オルガンの運び込まれぬ春隣

能衆の掛声そこに春田神

涅槃図に外れしものの泪かな

桃の日が誕生日よと素顔かな

雛まつり百の母の手母の御手

次々に覗きて田螺おこしけり

三方原台地の端に豆の花

父の笛鳴る御嶽は春の鞍

「ＯＶＥＲＦＬＯＷ」展春雷遠く来る

東京の花に体温奪はれぬ

ぽはぽはと赤子の欠伸花の中

黄砂降る遠く会ひたる少女のこと

百姓の顔して逝きぬ柿若葉

走り梅雨少し熱ある子を抱きて

葉桜となりこれからが桜の木

朴の花終りて山の木となりぬ

隠岐　三句

牛飼ひの背に初夏の日本海

隠岐薊みな韓の國むきてをり

白日傘遠くなりたり韓の國

磐座にあした生まるる蟬いくつ

滝の前離るる時を怖れけり

嘘なども少し飛ばして枇杷の種

子の描きし一頭の象片かげり

尺蠖をあそばせてゐて遊ばるる

座を巡る山繭ひとりひとりに音

鬼虎魚海に生まれし形かな

生國に旅籠一軒旱星

源流に生きて八月十五日

新しき木の匙下ろす九月来る

トランペット自在に金の猫じやらし

台秤沖を颱風来つつあり

空を見て担がれてゆく案山子かな

けふ一日ゆるりといませ穴まどひ

突然に色を抜きたき曼珠沙華

新米の届きし夜を灯しけり

サーカスの引き揚げてすつぽりと秋

母となれるか鶏頭にふれてゆく

蟷螂の孕みし眼ますます青

竃馬跳んで惑星などしらぬ
ペガサスとイサム・ノグチの遊具かな

すれ違ふ舞妓の素顔冬近し

遮断機の上がり初冬の景色かな

セロリ噛むきのふのこととの新しき
晩白柚抱へて誰に渡さうか

濱人の横文字冬日廻りくる

虚子のことなど暗峠の龍の玉

山眠る一揆の村に炎立つ

ゆく年や当番表に太き線

極月の音を離れて桜の木

大年の搭乗口に赤ん坊

鮭五郎

平成十九年〜二十二年

ふるさとに一本の川お元日

まだ回りをり弟の喧嘩独楽

人日や眼帯大きく現れる

誰か降らしをりフォッサマグナに雪

鶴眠る不知火の闇深くして

鶴一羽降り凍鶴となりにけり

火の山に春耕少しづつ動く

七つ星ぼつぼつ起きよ鮭五郎

顕微鏡の中の曲線春きざす
霾やドンキホーテがやつてくる

朧夜やはたと倒れし竹箒

マドンナに蜷つままれて返されぬ

からからとヌルボンの種一巡す

日本のさくらによう《よう》てフランス語

逆上がりできてみどりに染まりたる

椎の花とほつあふみを押し出して

金星に少し遅れて蟇

水煙に消ゆ夏蝶の真白かな

六月の神のたまひし麒麟の子

眼裏にコンドルの赤夏の星

荒梅雨や海へずり落つ観覧車

時鳥後山いよよ迫りくる

蟻たちの命丸ごと走りけり

物指は捨てよ尺取の子と遊ぶ

輪読のときに間のあく原爆忌

海に出よ本陣跡のあめんぼう

夏布団短くあれば在所かな

まだ濡れてゐる父と子の箱眼鏡

玉虫の石のごとくに拾はるる

一本の向日葵として終りけり

朝の風待ち風鈴を仕舞ひけり

どこからも見ゆ夕蟬の集まる木

晩夏光地下道Aの出口かな

真四角な骨壺作り耕衣の忌

はたはたの大きく跳んで捕まりぬ

重箱に一枚の紙鳥渡る

宇陀郡葛さはさはと昏れにけり

漢らの土器はみな秋気切る

彼岸花昔汽笛が鳴りました

渡されて土のかたまり八頭

舟を洗ひ山車に加はる浦祭

貌をあらはに真昼間のちちろ虫

水に直線新豆腐沈みけり

ダンサーの踝つよし曼珠沙華

燕去ぬ轆轤乾きてゐたるかな

鷹一羽渡りてゆきぬ見送りぬ

今朝寒し右脳左脳が先をゆく

綿虫が先にきて誕生日来る

梟を待ち梟に見られをり

雪が来る龍太の机動かざる

マスクして私を素通りするわたし

極月の夜を大きく観覧車

金の靴履きマネキンのクリスマス
オリオンに押されて川を渡るなり

木偶坊

平成二十三年～二十六年

簞笥屋の開け放たれて初荷かな

冬瓜のころがつてゐる二日かな

七日粥吹けばひとりに戻りくる

着ぶくれて読書三昧猫派とや

節分の山に呼吸をととのへぬ

明日立つ舞台組みをり年男

地蔵尊小さなお顔春ですよ

天龍川河口　四句

灘へ出る水の力よ蘆の角

春疾風ふんばつて立つ木偶坊

落椿脈搏少しづつ戻る

天上大風大根の花さみし

木の洞に何か集まる月朧

きぎす鳴く父の暮しの歩巾かな

父の顔正面にあり卒業す

疎開てふことばありけり山桜
連れだちて桜吹雪に攫はれぬ

ふらここや弟の顔さかしまに

頸細く汝蝮とぞ生まれけん

水番の口を漱ぎて正午かな

植田風背戸に集まる夕餉かな

一村の闇ひきずれり牛蛙

栗の花さうざうしきは周《す》知《ち》郡

皆既日食緋牡丹の完結す

輪読に新顔まじる広島忌

七節虫やおのが一枝として灼くる

白地着て真つ直ぐに来るコンコース

胎児のやうに新しき蚊帳の中
天花粉つかまりたくて逃げたくて

夏座敷一郎二郎の膝小僧

暑き日のスープ一匙沁むるかな

マンボウと南の島へ昼寝覚

逝く

木に問へば木の瘤雷を呼び寄せぬ

ふと椿季節はづれに落ちたるよ
今日を咲きをり天上に黐の花

新しき佛壇開く万緑へ

熊蟬の蟬のかたちに死にたるよ

迎火を高く高くして少年

盂蘭盆会父も吹きをり手向笛

笛衆の引き上げ後の盆の家

土器を重ね今朝秋と思ふ

かなかなやどの子にもみな母のゐて

校庭に一年二組鰯雲

忠良の少女の立てり水の秋

北御門馬場先御門野分晴

金秋のかんからかんと閻魔王

籾殻焼く煙突はじめより傾ぐ

赤のまま人の小さくなりゆけり

残されし案山子に顔のありにけり

背負籠に冬瓜一つ落ちつかず

湯屋あけて月の兎に遊ぶかな

ふいに綿虫たれか放ちてくれぬ

皆がゐてみな見てをらず雪ばんば

だうだうと焼芋を食ぶ皇居前

鷹匠と鷹にことばのなかりけり

鷹匠の双手あきたる素顔かな

何んの日でなし二人ゐて蕪汁

新生児室に極月のカレンダー

十二月八日記念樹はくれなゐに

年ゆくやまだ濡れてゐる登山靴

柿渋

平成二十七年〜三十年

キャンベラ

年新たサザンクロスの下に立つ

中澤康人第四句集

『天地』の見返しの朱初草子

アトランタへはたウガンダへ行く礼者

地の子らと遊びをせんと七日かな

冬の海美しオスプレイの鉄片に

赤鬼の声変りして福は内

冬眠の目高起こしてしまひけり

立春や万の神のさうざうし

春一番アインシュタイン大写し

紅梅やきみ嗚呼といひ山に入る

京都　四句

「次郎坊」「太郎坊」是春の雪

南座をぐるりと足場牡丹雪

雛の燭ひかへて灯す柊家

真如堂より釈迦の鼻糞持ち歩く

兜太どうとゆく如月の大没日

桃の日の円座一つを空けておく

灯されてすつくと立てり紙雛

啓蟄や笑ひ出したき人の顔

三月の常念坊を追ひかけぬ

万愚節原発二号鳥瞰図

鳩サブレーほろとこぼるる虚子忌かな

太夫哭く人形の泣く鳥曇

生涯に勲章一つ花吹雪

蓬莱橋前ゆく人のかげろひぬ

クリオネを掬ひてこよや春北斗

原発も空母もいらぬ茶を刈らん

末筆はお返事お返事夏初め

日の丸の大きくゆがみ五月来る

青味返りたのしみをればみな遥か

地貌季語＝青味返り・新茶の時期に古茶が蘇ること

水無月の筆・篳篥や喬の句

二番太鼓今丹田に涼気かな

陶工は留守子燕のこぼれさう

雲の峰龍神様を起すなよ

夏暖炉少し遅れてくるといふ

何か起こる今日行々子は鳴かぬ

傍聴席に空席二つ日雷

昔々山火事のことと朴の花

〈雨は天から天から蛍袋かな〉喬　師より色紙賜りて

雨が来る蛍袋を振りたれば

竹伐りの藪より夕日引き摺れり

双子の眠る夕蟬の乳母車

東京炎ゆる真ん中に兜太立つ

柿渋を買ひに遠き日日雷

大南風耀了ひたる魚市場

スーザンの雛《すう》の落款月涼し

かんたんに死にたるかたち竈馬

抽斗に二枚の葉書終戦日

年々に太りゆくかな茄子の馬

遠州灘不時着緑十字機体

鎮もれる一機は灘に秋の雲

ひぐらしの山を下りくる男かな

秋蝶の己が高さに消えゆけり

藤森照信茶室　秋野不矩美術館内

天空の茶室へ橋を星迎へ

己が輪を広げ九月のあめんぼう

金琵琶の風にのりたり樹木希林

新走りあらかたの衆揃ひたる

青透きて楸邨・喬の榠樝の実

田中泯　三句

虫すだく闇を摑みて現るる

弦の真下に田中泯の息
月下に舞ひ蹠を美しく消えゆけり

神の留守賑ひてをりお竈さん

枯蟷螂寄ればよせくる眼玉かな

綿虫の消えたる先に胡笳の歌

ペン二本千畝のデスク冬日満つ

日短命のビザの手跡かな

会ひたくば密なる冬の曼珠沙華

大噓残し竪穴住居出づ

積まれたる冬至南瓜のかしましき

伊勢　四句

冬暁神々のゆく光かな

何もなき更地御敷地ぴしと寒

寒潮や塩翁《しおのおきな》に会ひにゆく

年の湯に出会ひし女の子名はあさひ

骨董屋と他抜きの値踏み節季かな

猫二匹女四人のクリスマス

高度一万大歳のゆばひかな

冬銀河抜け天狼に会ひにゆく

踊りの輪

平成三十一年〜令和三年

九鬼主宰追悼句　六句

人噫と褻とも晴とも二月過ぐ

菜の花や周り淋しくなりにけり

海苔粗朶に一湾の風波の律

春潮今海月・舟虫呼ばはんか

台秤みなZero指せり彼岸潮

鎮もりて何かはじまる枯蓮田

句友より祝句を賜りて

花万朶一句一句を勲章に

花明り村の入り口力石

月という集落

月に生れ村を離れず花の主

あのひともあの人もくる桜かな

翁嬉々とおたまじゃくしもあめんぼも

卒業生二人家族写真上々

末黒野に何を見送る兄弟

ちよつと覗く徳利蜂の巣のけはひ

山に囲まれぺんぺん草を鳴らすかな

これよりは象鳴きし道すみれ草

宗匠の遊び心や杖に黴

風鈴や風こそばゆき石佛

常念坊逆しまにして田水張る

遠くゆきをり先生の夏帽子

而してこの空にある桐の花

男らの座に男くる涼しさよ

おほやうに梅漬けて来し卒寿かな

遠江國風土記閉づ晩夏

郡上八幡

暗がりを抜けては動く踊りの輪

先生を誘ひ踊りの輪に入りぬ

地の人に遅れて鳴らす踊り下駄

踊りの輪外れ宗祇の水掬ふ

町中に水奔りをり踊り果つ

盆道を作り盆道帰りゆく

裏山を明るう灯せ魂迎へ

君が家の門を豊かに楸は

たれかれにともなし嗚呼と秋の雲

水澄めり元素記号を拡大す

九鬼主宰偲ぶ会　二句

献花いま九月の海へ燦燦と

指しのべし手のやはらかし冬椿

小豆干す生國にある日差しかな

穴まどひ汝しんがりをたのしめり

「欅」終刊記念交歓会於諏訪　五句

桜紅葉諏訪湖曼荼羅拝まはん

梶の実のまろしまろしや諏訪の神

大大黒の拾ふ銀杏まことの黄

甲斐駒に雪が来るぞと摩利支天

巨いなる欅に集ふ文化の日

新米や一汁一菜己が晴

豆名月母の生國にてさうらふ

割るまいぞ割らでどうする鬼胡桃

新走りそちら賑はひをらんかな

晩白柚ともに譲らず鬼柚子も

おもしろうてまだまだ死ねぬ柚餅子吊す

億の数DNA図美し立冬

カンテ哭くバイレの眉間冬の月

大八洲北斗垂直去年今年

伊勢神楽

獅子舞も見物人も莫蓙の上

春隣桂馬蒲鉾つまみ食ひ

一つもて割る節分の卵かな

汝が打てる福豆仰山降つてくる

鬼は外裏山もぞもぞしたるかな

亀鳴くや風呂敷包に古今集

人倚りて春の楊梅とのひぬ

天上に一筋の道蘆の角

あとがき

句集『春の楊梅』は第二句集である。

平成十四年から令和三年までの句を自選した。

句集名・題字は

巨いなる春の楊梅友田家は　喬

入門一日目の句会を拙宅で開いた際に師より賜ったこの短冊から頂いた。

第一句集『九月』上梓からはや二十年が過ぎてしまった。

平成十一年「椎」原田喬主宰が遠逝された。その後を継がれた九鬼あきゑ主宰より、ぼつぼつ第二句集をと背を押していただいた。

この大きな課題に戸惑いながら準備に入った矢先、主人が病に倒れ介護の為数年中断となった。主人を送り再び準備に掛り始めた時、九鬼先生が病に臥され、ご恢癒もならず逝かれて仕舞われた。

師原田喬は、句集は重ねる度に前回を上回るものでなくてはならないと厳しく言われていたことがここに蘇る。

全くの空白期間を経た感のある今、師の教えには程遠いものであるが、ここまで歳を重ねてこられた記録として纏めてみることに踏みきった。

俳句を続けてこられたのは、諸先輩方々の励ましと、多くの句友の皆様との出会いのお蔭であることに感謝致します。

この句集を編むにあたり装幀では松浦澄江様にカバーの挿画と多くのご助言をいただき、お世話になりました。お礼申し上げます。又、原稿の入力等俳句とは全く異なる専門職に就いておられる松井裕子様のお力をいただきました。お礼申し上げます。

出版に際しましては、ふらんす堂の皆様に大変お世話になりました。

心より感謝申し上げます。

令和三年十一月

友田喜美子

著者略歴

友田喜美子（ともだ・きみこ）

昭和十年　岐阜県に生まれる
昭和五十七年　「椎」入会
平成二年　「寒雷」入会　同人
のち「暖響」へ
平成十二年　「欅」入会　同人
のち終刊
平成十三年　第一句集『九月』上梓

静岡県芸術祭賞受賞
「椎」「暖響」同人
静岡県俳句協会理事
静岡県現代俳句協会会員

現住所　〒四三七―〇二一四　静岡県周智郡森町草ヶ谷一三〇―四六

句集　春の楊梅　はるのやまもも

二〇二二年二月一七日　初版発行

著　者――友田喜美子

発行人――山岡喜美子

発行所――ふらんす堂

〒182-0002 東京都調布市仙川町一―一五―三八―二F

電　話――〇三（三三二六）九〇六一　FAX〇三（三三二六）六九一九

ホームページ http://furansudo.com/　E-mail info@furansudo.com

振　替――〇〇一七〇―一―一八四一七三

装　幀――君嶋真理子

印刷所――日本ハイコム㈱

製本所――㈱松　岳　社

定　価――本体二七〇〇円＋税

ISBN978-4-7814-1432-4　C0092　¥2700E

乱丁・落丁本はお取替えいたします。